마음의
사막

마음의 사막

이동순 시집

문학동네

차례

3부

4부

1부

낙타

낙타는 등짐 지고
이 늦은 저녁 사막을 터벅터벅 걸어서
어디로 가나 어디로 가나

가다가 이따금 고개 들고
아득한 지평선 바라보는 모습은 너에게 달려올
먼 데 소식 기다리던 옛 버릇인가

사막의 이슬 맺힌 풀 사각사각 씹으며
너의 눈은 언제나 슬픔에 젖어 있다
어머니 끓여주시던 갱죽 사발에 떨어지던 내 눈물처럼

낙타야 어린 낙타야
머뭇거리지 말고 어서 엄마를 따라가렴
네 가려는 곳으로 새벽까지는 서둘러 가야 한단다

명사산

저 아득한 모래산을
나는 어떻게 올라야 하나
월아천 옆을 지나면서 보니
앞서 간 사람들은 이미 한 개의 까만 점
내가 타고 온 낙타는
성자처럼 무릎 꿇고 스르르 눈 감더니
줄곧 되새김질만 한다
바람 불 적마다
모래산이 운다고 명사산인데
산이여, 네 가슴속 슬픔은 무엇인가
모래산도 혼자 있는 밤엔 눈물을 흘리는 걸까
나는 산의 울음소리가 궁금해서 견딜 수가 없었다
바짓단 걷어올리고 기운찬 발걸음으로
명사산을 오르기 시작했다

고도 카시가르

맑은 방울 소리가
카시가르의 밤거리로 울려퍼졌다
말은 제대로 달리는데
앞이마가 메뚜기처럼 생긴
마부는 공연히 마음이 급해서
말 궁둥이에 매서운 채찍을 날렸다
등골에 맺히는 소름
놀란 말은 콧김 씩씩거리며
목덜미의 숱 많은 갈기 아래위로 너펄거리며
언덕길 힘겨웁게 올라갔다
사람의 일생도 저 말과 무엇이 다르리
가는 곳도 모르고
허겁지겁 내닫는 말은
고단한 말굽 소리 쉴새없이 또각거리며
천년 고도의 밤길을 달려갔다
이윽고 말은 보이지 않고
방울 소리만 남았다

쿠차에서

가로등도 하나 없는
캄캄한 쿠차의 밤거리를 걷는다
밤눈 어두운 나는
팔 허우적거리며 앞길 더듬어가는데
쿠차 사람들은 이런 내 꼴을 보고 웃는다
아득히 흘러간 세월엔
음악이 유난히도 번성했었다는
쿠차의 밤거리에는
더위에 지친 사람들이 바람을 쐬러
길에 나와 앉았다
술 마시는 사람도 있고
더러는 노래를 부르는 사람도 있다
그 가운데서 나는 보았다
몹시도 쓸쓸해 보이는 노인 하나가
낡은 악기 들고 혼자 길모퉁이에 서서
처연하게 연주하고 있는 광경을
지금 가만히 생각해보면
그는 필시 못다 한 사연 남아 있어서

아직도 이승을 뜨지 못하고 있는
옛날 악사였던지도 모른다

황사

그들은 거리를 덮었다
차츰 해와 집들 보이지 않고
수건을 입에 두른 행인의 모습도 지워졌다
어쩌다 나타나는 자동차는
한낮인데도 등불을 켠 채 살금살금 떠나간다
하늘과 땅이
온통 누런 빛깔인데
짙은 안개처럼 나리는 모래먼지 속에
돌로 만들어세운 돈황 여인이 눈을 감고 묵묵히 서 있다
등에 멘 악기도 덧없이 잠겨든다
이러기를 몇 해이던가
시장에서 잉어 비늘 벗기던 젊은 여인도
오늘은 모래폭풍 속에 잠잠하겠다
세상이여
너는 큰물 지나간 뒤의 들판 같구나
자욱한 황사바람 속에 해가 뜨고 해가 지는
머나먼 서역 땅 실크로드

누란*

아득한 사막의 모래 밑에
그는 누워 있다
입 꾹 다물고 가만히 누운 채로 천년 세월
그는 지금 무슨 생각에 잠겼는가
그토록 눈물겹고 살뜰하였던
젊은 연인들의 사랑은
북어 토막처럼 마른 그림자만 지상에 남기고
아득한 황사바람 속으로 사라졌다
강풍을 헤치며
한 사내가 힘겹게 걸어가다가 힐끗 돌아다본다
사막의 퀭한 얼굴은 저런 표정이었으리
옷자락을 뒤로 펄럭이며
그는 쓸쓸히 굽은 등만 보이고
사라져갔다

* 누란(樓蘭) : 서역의 멸망한 옛 왕국의 이름. 여기서는 현재 중국 신강성 투르판 지역에서 생산되는 포도주의 이름을 말한다.

뒷골목 풍경

내가 만약 서역에 산다면
여름날 저녁마다
문 앞에 탁자를 내다놓고 장기를 두리라
벗들과 모여앉아 마작을 하리라
손주녀석 안고 나와 바람 쐬며 행인을 보리라
친한 이웃들과 삿자리 깔고 모여앉아 담소 나누리라
침침한 전등불 켜진 이발소에서
머리를 깎으리라
노천 과일가게에서 흥정을 하리라
매캐한 연기 휘감아올리며
목로주점에 앉아 석쇠 위에 양고기 구우리라
그곳에서 독한 고량술도 한잔 하리라
잠시 후 술이 오르면
밤 불빛에 울긋불긋 드러나는 간판들과
채색된 대문들을 바라보리라

노새

어떤 놈은
눈 감은 성자처럼 졸고 있고
어떤 놈은 여물을 못 먹도록 주인이
머리에 주머니를 씌웠다
갑갑해진 노새는 연신 머리를 좌우로 흔들어
주머니를 벗겨내려고 한다
보는 나도 답답하다
어떤 놈은 앞 수레바퀴에 고삐를 너무 바싹 매어
고개조차 들지 못한다
몹시 힘겨워진 녀석은 앞발로 땅만 찬다
노새들 중 한 놈은
유난히 크고 맑은 눈을 끔뻑거린다
나는 가까이 다가가
녀석의 머리를 쓰다듬는다
하얀 구름이 지나가는 노새의 눈망울 위로
슬프고 서러운 물기가 고였다
나도 눈물이 핑 돈다

타클라마칸

이 거대한 사막을
룬타이에서 민펑까지 온종일 지나가며
나는 타클라마칸이 지구의 심장이라는 상상을 한다

시안에서 출발하여 줄곧 달려온
쓸쓸한 서역 길
그 아득함은 여기 타클라마칸에 이르러
인간의 모든 알량한 세속적 명리와 이욕과 구별 따위를
고철처럼 마구 두들기고 뭉쳐
펄펄 끓는 제 가슴에 집어넣고 단숨에 녹여서
새로 빚어내는 작업을 하는데
그 용광로가 바로 타클라마칸이라는 생각을 한다
타클라마칸은 일 년 내내
불타는 심장으로 저 혼자 뒤척인다

이 타클라마칸 어구에서
나는 사막의 거대한 용광로에 서슴없이 뛰어들 태세로
웃통을 벗고 자동차에 올라탔다

호탄

길 양쪽에 우뚝한
키 큰 백양나무 가로수를 보면
드디어 호탄이 가까워졌음을 알겠다
옛 우전국의 수도였다는
이 오아시스 마을이 가까워지면서
행인들이 갑자기 많아졌다
가도 가도 모래벌판 불모지 길에
이 많은 인파는 어디서 구름처럼 몰려나오는가
모두들 따깨비 모자를 쓰고 있다
자기 몸보다 작은 나귀 등에
올라앉아 가는 사내
어느 가족은
수레 위에 동그랗게 둘러앉았다
또 어떤 이는 짐칸에 누워 깊은 잠 들었구나
주인이 고삐를 놓았는데도
나귀는 머리를 아래위로 흔들며
제 갈 길 환히 알고 있는 현자처럼
타박타박 잘도 걸어간다

누란의 바람

흉노가 지나갔다
돌궐의 무리가 낙타 몰고 지나갔다
반초와 장건이 한나라 깃발 나부끼며 휩쓸다 갔다
승려 법현이 지친 몸으로 당도했을 때
이미 나라는 풍비박산
그 서슬에
무엇 하나 제대로
온전하게 살아남은 것 없었다
엄청난 말발굽에 시달리고 짓밟힌 나라
모래 속에 파묻혀
신비한 모습 반쯤 드러내었던
옛 누란의 공주
그녀는 이 기막힌 사연 알고 있으리
기둥만 남은 집터는 무엇을 말해주는가
나뭇조각에 쓴 편지
거기서 읽는 슬픈 이야기는 아직도 가슴 저미는데
사라진 왕국의 빈 터 위로
저 바람은 불어가며 무어라 외치는가

누란을 마시다

누란! 하고 부르자
그는 호젓한 자태로 다가왔다
붉고 요염한 몸매
말없이 서서 눈을 감고 있는 자태
혀끝으로 슬쩍 건드리면
그의 몸에선 서역의 짙은 모래 냄새가 난다
한낮의 더위가 밤에도 여전한
투르판 빈관
포도 덩굴 아래서
나는 누란과 단둘이 만났다
사막의 눈부신 햇살
덧없이 모래 속으로 사라져간 앙상한 세월들
그는 알고 있으리
지금 미라가 된 사람들의 가슴속
슬픔과 서러움을
첫사랑의 애달픈 기억을

노새가 있는 풍경

점심 끼때가 되어
주인이 길가 식당에 들어가
국수를 먹는 동안
노새는 말뚝에 묶인 채 서서 졸고 있다
기름에 자글자글 국수 볶는 냄새 퍼지는 피샨의 거리
눈 지그시 감고 노새는
무슨 생각에 잠겼나
허연 눈 이마에 얹고 있는 저 우뚝한 산줄기는
곤륜산맥이라 한다
나는 백양나무 등걸에 기대앉아
오가는 행인을 바라본다
서너 살쯤 된 녀석이 길가에서 똥을 눈다
떠돌이 개들이 하나 둘
몰려든다

초생달

눈먼 소녀의
슬픈 노랫소리가 울려퍼지는
머나먼 서역 땅
실크로드의 시장 한 귀퉁이 목로주점에 나는 앉았다
님과 이별하던 강 언덕 버들가지처럼
하늘하늘 휘늘어지는 가락으로
뽑아내는 저 악기의 이름은 무엇인가
낮에 그토록 붐비던 장사치들 다 어디 갔나
한 잔 맥주를 부어놓고
나는 무심코 하늘을 본다
오, 누구인가
나를 줄곧 내려다보고 있었구나
요염한 얼굴로
가느다란 눈 배시시 뜨고 있던
실크로드의 그 여인

세상의 바람

황사만 바람에
실려오는 것이 아니다
머나먼 서역 땅
쿠차의 거리에서 들리던 풍악 소리도
바람을 타고 구름에 실려
아득한 동쪽 나라 바다 끝까지 날아왔다
필률(篳篥)이 피리가 되고
갈고(羯鼓)가 조선의 장고로 바뀌었듯이
우리네 삶도 이렇게
자리에 자리를 옮겨다니며
스스로를 더욱 가꾸고 살찌워온 것 아니냐
저 들의 풀씨를 보라
지난 봄 개울가에서 여문 씨앗들이
바람에 날아가 이웃마을 산기슭 노랗게 물들인
그 내력 유심히 살펴보라
날아가자
바람 타고 저 멀리로 날아가자
오늘도 구름과 바람은

날더러 떠나라고 자꾸만 보챈다

서역

서역이란 말에는
향긋한 무화과의 냄새가 난다
잘 익은 하미과의 단내도 물씬 풍기고
백양나무 가로수 길을 달려가는 노새의 방울 소리도 들린다
그 노새가 끄는 수레에 올라탄
일가족의 도란거리는 이야기도 들린다

서역이란 말에는
아득한 모래벌판을 성큼성큼 걸어오는
황사바람의 냄새가 난다
그 사이로 악기 반주에 맞추어 휘도는 호선무*와
구릿빛 얼굴로 바라보던 위구르 사내의
동그란 모자가 보인다

서역이란 말에는
땅 속에서 파내었다는 비단 조각, 거기서 보았던
천년 전 물결무늬가 먼저 떠오르고
그 비슷한 천으로 만든 옷을 입고 상추처럼 웃던

쿠차의 한 처녀가 생각난다
잠시 스쳐간 그녀 내 전생의 사랑이었으리

* 호선무(胡旋舞) : 둥글고 커다란 공 위에 무녀가 올라서서 종횡으로 굴리면서 빙빙 도는 곡예에 가까운 춤. 원래는 중앙아시아 각국에서 유행하던 이란식 춤이다.

오아시스 마을

오아시스 마을
쿠차가 저 멀리 보이는데
키 큰 백양나무 가로수 길 아래로
한 가족이 당나귀 수레 몰고 걸어간다
수레 위에는 아기 안은 어미가 젖을 물리고
서너 살배기는 어미 등에 기대었다
아비는 혼자 나귀의 고삐 잡고 씩씩하게 걸어간다
그런데 놀랍고도 아름다워라
바로 그 수레 옆을
혼자 악기 연주하며 걷는 노인이 있다
그는 이 위구르 가족 중에
가장 높은 어른
산신령처럼 구레나룻 기른 할아비는
라호르 악기 켜면서 줄곧 시를 읊조린다
하늘의 신이여
우리 가족 도우소서
저의 양들이 탈 없이 더욱 불어나도록
계속 사랑으로 거두소서

나는 백양나무 앞에 위구르 사람처럼 쪼그려앉아
길 가면서 연주하는 노인의 중얼거림을
호젓이 들었다
신의 가호로 쿠차는 편안하였고
더불어 쿠차는 모든 음악의 고향이었다

투르판의 밤

하늘에서 내려다보면
광대한 사막에 던져진 한 개 돌멩이
그러한 오아시스 도시에
여름밤이 깊었다
더위에 지친 사람들은 모두 거리로 나와
자리를 깔고 앉았다
이곳에도 머리에 노랑물 들이고
힙합바지 입은 청년들
이리떼처럼 우쭐거리며 몰려다닌다
가로수로 심은 포도가
주렁주렁 열려서 이마 위에 닿는다
한바탕 가랑비 지나가고
후끈한 모래 내음 밀려오는가 했더니
행인들 발길도 뜸해지면서
이윽고 밤이 깊다
내일은 또 어느 벌판 달려야 하나

서안에서

자정 지난
서안의 거리
낯선 이국의 밤은 깊어가는데
문 닫은 상점 앞에
웬 노숙자가 누더기 덮고 누워 잔다
희미한 카바이트 불빛 아래
한 청년이 갈대 잎으로 풀메뚜기 만들고 있다
그 손놀림 예사롭지 않다
바람이 분다고
종루 처마 밑 작은 풍경이 손사래 친다
콧수염 기른 사내가
술에 취해 비틀거리며 걷는 밤길
나는 걸음을 멈추고
머리 위에 뜬
옛 장안의 달을 보았다

2부

대초원

친구 만나러 가는가
저 멀리 아득한 초원 한가운데
혼자 맹렬하게 달려가는
한 사내가 있다
보이는 것은 온 하늘에 가득한 뭉게구름
그 아래로 펼쳐진 대초원
초록 들판에
작은 갈색 점으로 찍혀진
몽골 사내
잠깐 넋을 놓고 있는 사이에 그는
벌판의 이쪽 끝에서
저쪽 끝으로
한줄기 선을 획 그으며
순식간에 달려가고 보이지 않는다

풍장

눈 펄펄 오는
아득한 벌판으로
부모 시신을 말에 묶어서
채찍으로 말 궁둥이 힘껏 때리면
그 말 종일토록 달리다가
저절로 말 등의 주검이 굴러떨어지는 곳
그곳이 바로 무덤이라네
남루한 육신은
주린 독수리들 날아와 거두어가네
지친 말이
들판 헤매다 돌아오면
부모님 살아온 듯
말 목을 껴안고 뺨 비비며
뜨거운 눈물
그제야 펑펑 쏟는다네
눈 펄펄 오는 아득한 벌판을
물끄러미 내다보는
자식들 있네

사막의 달

모두가 잠든 밤
나는 천막집 문 살며시 열고 나와
사막을 보았다
달은 먹구름에 숨어 있고
으스름 박명 속에
고비가 혼자 누워서 웅얼거렸다
그 광대한 들판을 바람이 말 달리고 있었다
이 깊은 밤
사막은 잠 깨어 뒤척이고 있구나
고비의 말씀이 궁금하여
선 채로 사막 쪽에 귀 기울이는데
마침 달이 먹구름 걷었다
아, 그 순간
온 세상 눈부신 달빛이었다
그것은 세상에서 처음 본
가장 아름답고 깨끗하고 신비스러운
사막의 영혼이었다

낙타와 소년

하루해도 저물었는데
소년은 오늘도 낙타 옆에서
오지 않는 손님을 기다렸습니다
낙타는 고삐에 묶인 채로
쪼그려앉아 눈을 감고 되새김질합니다
그 옆에서 소년은
모래 위에다 별만 그립니다
별 하나 별 둘
저녁노을 불그레한 사막 하늘에
초저녁 이른 별 떴습니다
어제보다 오늘은 별이 유난히 많습니다
소년은 낙타에 올라타고
언덕 너머 낡은 천막집으로 돌아갑니다
온종일 소년이 그린 별들은
모두 하늘로 올라가서
소년의 앞길 비추고 있습니다

고비 사막

낡은 러시아제 지프로
고비 사막을 달리며 지평선 본다
수억만 년 전 이곳은
바다였다고 한다
그러니까 나는 해저를 달리고 있는 것이다
이따금 길가에서 만나는
백골 무더기는
침몰한 난파선의 흔적들
사막의 저 거친 풀들은 해초로구나
아득한 지평선 끝
섬들의 뿌리인 산자락이 보인다
가도 가도 끝없는 벌판
어디로 갈 것인가
길 잃은 물고기처럼 나는 헤맨다
주변의 높은 언덕 올라가 사방 둘러보며
겨우 실마리 찾아 더듬어간다
거친 바람과 따가운 햇살
오호라 인생도 이런 것이리

마두금* 소리

저 소리는
대초원을 불어가는 바람

더위에 지친 말들이
줄곧 아래위로 흔드는 고갯짓

사막의 저녁을 밟고
터벅터벅 걸어가는 낙타의 숨결

낯선 길손을 향해
컹컹 짖으며 따라오는 충직한 몽골 개의 달음박질

광대한 벌판의 상공에 뜬
두 줄기 쌍무지개

그리고 그 사이로 아련히 들려오는
몽골 사내의 말발굽 소리

* 마두금(馬頭琴) : 몽골 전통악기의 한 가지. 현악기의 일종으로 악기의 맨 윗부분을 말 머리 모양으로 조각하였다.

사냥꾼

대초원 달리다가
한 몽골 사내를 만났네
윗도리 벗고 말 탄 그 사내
장총은 안장 뒤에 꽂고
땅굴 속에 사는
야생 타르박 잡으러 가는 중이라네
삐뚜름히 쓴 모자
코밑에는 나비 수염
알몸의 가슴엔
달리는 말 한 마리로 커다란 문신을 넣었네
그와 악수하는 순간
푸른 말은
돌연히 사내의 가슴
박차고 나와 광막한 대초원 달려가네
말굽에서 뽀얀 먼지 일어나
그 사내의 모습
보이질 않네

너밍

웃을 적에
덧니가 살짝 드러나던 여인
이마의 고운 앞머리
미풍에 나풀거리던 여인
추운 새벽을
양털 천막에서 다리 오그리고 잔 아침
산책길에 나선 이에게
풀밭 실안개처럼 은은히 미소짓던 여인
아득한 기억 속에서
내 전생 고향이 대초원이었을 적
어여쁜 이에게
두근거리며 속마음 고백하던
첫사랑의 숨결이
아직도 아지랑이처럼 아른아른 남아 있는
어디선가 만난 듯한 얼굴
몽골 처녀 너밍

쓸쓸한 마을

소년 칭기스칸이
말고삐 잡고 바람보다 빨리 달렸다는
초록 들판에
조용히 눈을 감고 앉은 마을
게딱지처럼 다닥다닥 붙여서 세운 나무울타리 곁으로
어미 돼지 한 마리 앞서 가고
그 뒤를 새끼 돼지 여덟 마리 졸래졸래 따라간다
햇살 눈부시고 초록 들판은 적막한데
오가는 사람 전혀 보이지 않는
몽골의 헨티 지역
옷깃 슬쩍 스치듯 잠시 머물다 떠난
그 쓸쓸한 마을

말과 초원

바늘 같은
한여름 폭양이 땅에 꽂히는
그늘 될 만한 나무 한 그루 없는
저 망망한 대초원에
걷다가 지친 말들 서로 머리 맞대고
둥글게 둘러서서
몸으로 그늘 만들어
그 시원한 그늘 속에 망아지 녀석 집어넣고
숱 많은 꼬리로는
엉덩이 부근의 성가신 파리떼 쫓으며
얼굴에 달려드는 놈들은
줄곧 고개 철철 흔들어 떨치며
저물도록 묵묵히 서 있는
말들의 진득한 모습을 보는 것보다
더 장엄한 광경
어디 있으리

담백한 삶

말젖을 짜서
마른 목 축이고
말젖에 침 뱉어서 술을 빚고
그 술 마시고 취해
말 등에서 앞뒤로 흔들거리며
말 노래 부른다
그러다가 다시 흥이 일면
말 머리 조각한 마두금 들고 나와
악기 연주하며
밤 꼬박 지새우는데
이때 말들은
초원에 선 채로 뒷굽을 차면서
콧김 푸르륵거리며
주인 노래 잘 듣고 있다는 표시를 한다
이윽고 새벽이 되면
잘 마른 말똥에 불 지펴
뜨끈뜨끈한 천막집 불기운 옆에서
코 골며 잠잔다

여우비

저녁인데도
햇살이 여전히 따가워
나는 빨래한 속옷을 낡은 천막 위에 널었다
그러곤 안에 들어와
주황빛 채색무늬가 단조롭게 그려진
딱딱한 침대 위에 누웠다
스르르 눈을 감으니
종일 달려온
고비사막의 험준한 길과 고개들이
흐릿하게 떠오른다
후두둑 소리에 놀라 나가보니
이 사막에 어인 가랑비 슬쩍 지나가나
얼른 속옷을 뭉쳐안고
천막 안으로 들어와 밖을 내다보니
어느 틈에 비 그치고
짱짱한 저녁 햇살이 눈부시다

3부

풍경화

몽골 소년들이
강물 속에서 자맥질하며 논다
그 옆에는
죽은 말의 시체가
떠내려오다가 강바닥에 거꾸로 박힌 채
다리만 물 밖으로 나와 있다
길도 없는
울퉁불퉁한 초원을
기우뚱거리며 달리는 자동차들이
뽀얀 먼지바람 일으키며
그 속으로 사라진다
한순간 현기증 몰려와
강기슭에 스르르 주저앉았다
그러다 아이들 깔깔거리는 소리에
새로 정신이 났다

몽골 할머니

가도 가도 아득한 벌판
사방이 지평선으로 둘러싸인 대초원에
천막집 하나가 보인다
얼마 만에 보는 인간의 흔적인가
개가 달려나오고
그 부근에서 누가 손을 흔들고 서 있다
가까이 다가가보니
늙어 꼬부라진 할머니 한 분과
손녀딸 둘
노인은 잇몸뿐인 입으로 줄곧 외친다
마유주 사세요
물 있으면 물과 바꿉시다
대초원에 이다지도 물이 귀한 것인가
저들은 이 황폐한 곳에서 삶을 이어가는구나
나는 마유주를 몇 병 샀다
그리고 꿈에 내 친할머니 만난 듯이
호호백발 몽골 노파를
꼭 껴안았다

개와 노인

개 한 마리가
주변을 어슬렁거리다가
발을 헛디뎌서 강물에 빠졌다
사지를 허우적거리며 안간힘으로
강 언덕에 올랐는데
마침 그곳이 비탈이라 혼자 오르지 못했다
사람들은 보면서 킬킬거렸다
개는 간절한 눈빛으로 사람들을 보았다
그때 한 노인이
비탈로 조심조심 내려가
개의 목덜미 움켜잡고 끌어올렸다
사람들은 모두 박수를 쳤다
강둑에 올라온 개는
젖은 몸 한바탕 털고 나서
노인을 힐끗 보더니
활처럼 등 구부리고 반대편 숲으로
화살처럼 달려갔다

피리 부는 소경

몽골의 울란바타르
간등이란 이름의 절간 앞에 막 당도했습니다
그때 어디선가
맑은 피리 소리 들립니다
새들이 그곳으로 모여드는데
나도 새를 따라 피리 소리 찾아갑니다
대웅전 앞 작은 건물로 들어서니
마당 한켠에 앉아
혼자 피리 부는 사람 있습니다
가까이 다가가보니 그는 소경입니다
흰자위만 끔뻑끔뻑하면서
구슬픈 곡조 하나 불고 난 다음
그는 말했습니다
부처님이 자기 눈 뜨게 해주실 때까지
계속 피리 불겠노라고
그 말 듣는 순간
나는 가슴이 울먹거렸습니다
소경이 빛 얻는 날 과연 언제일까

담 모퉁이 돌아나오는데
등뒤로 맑은 피리 소리 들려왔습니다

구구 추위

아흐레씩
아홉 번만 지나면
이 혹독한 겨울 금방 지나가지요
앞의 세 번은 어린이 추위
소주도 얼어요
덜덜 떠는 가축 등엔 이불 덮어주어요
두려워요 양의 우리도
점점 얼어붙네요
가운데 세 번은 젊은이 추위
서너 살배기 소의 뿔이 부러질 정도로
온 세상 무섭게 얼어요
하지만 여기까지가 고비지요
햇살 점점 달라져요
곡식은 이제 얼지 않네요
술 취해 초원에 그대로 쓰러져도
얼어 죽는 일 없어요
아, 드디어
마지막 세 번

늙은이 추위로군요
언덕마루에 눈 녹아 막혔던 길 트이고
따신 햇볕에 나뭇잎 움트고
꽃도 피어나네요
드디어 마지막 아흐레
마음 따뜻해지고
행복이 벙글벙글 웃으며
찾아오네요

난파선

—사막을 달리다보면 동물의 백골과 자주 만난다
어느 날 나는 그 백골 앞에 다가가 이렇게 중얼거렸다

너는 왜
여기 누웠는가
그토록 싱그럽던
꿈과 자유는 어디 두고
한 줌 뼈 무더기 되어 이렇게 누웠는가

흔적만 남은 두개골
눈구멍으로는 바람 드나들고
아직도 둥그런 형체를 지니고 있는
저 늑골은
해저 난파선의 잔해
나는 가까이 다가가서 쪼그리고
네 모습 지켜본다

너는 왜
여기 누웠는가
그토록 애태우던
사랑과 애달픔은 어디 두고

무슨 못다 한 미련 남아 이렇게 누웠는가

바양고비 가는 길

마을에 무슨 잔치라도
앞두고 있는가
주민들 모두 마을 앞 공터에 나와
소를 잡고
잡은 양을 손질한다
쓰러진 몸뚱이는
이제 들판의 자유를 아주 포기한
체념의 자세로
칼끝에 몸 내맡기고 있다
비린내 물씬한 곳 다가가보니
재빠른 손놀림으로 각을 떠가는
저 몽골 청년의 솜씨
그 옆에서
개와 소년들은
구별 없이 어울려 풀밭을 뒹굴고
독수리는
황혼 물든 하늘에 비잉빙 돈다
나는 장승처럼 서서

사방을 물끄러미 둘러본다
너는 어디에서 왔는가
너는 누구인가

비 오는 하르호린

산정에 올라가
천릿길 구불구불
흘러온 강물을 바라봅니다
강물은 지치지도 않는지
여전히 속살거리며 반짝거리며 흘러갑니다
산정에는 몽골의
돌무더기 서낭당 오보가
비에 젖습니다
돌 위에 얹힌 지폐와 사탕과
말 머리뼈도 오늘은 비에 젖습니다
하르호린 쪽에서
밥 짓는 연기가 피어오릅니다
천년 전 이곳은
세상의 중심이었답니다
많은 인파와 말굽 소리로 가득하던
제국의 거리였습니다
하지만 오늘따라
하르호린은 안개비에 잠겨서

더욱 고적합니다

솔롱고스*

솔롱고스
너희 나라엔 과연
아름다운 무지개가 뜨니
한번 뜬 무지개
영영 사라지지 않는다는 말 참말이니

솔롱고스
사람들 평생 무지개 잡으려고
숨가쁘단 말 참말이니
너희 나라엔
무슨 무지개가 그리도 없니
여인들이 색동옷으로
일부러 무지개 꾸민다는 말 참말이니

솔롱고스
대초원에 가랑비 스쳐간 뒤
지평선 끝으로 거대한 활처럼 걸려 있는
몽골의 눈부신 쌍무지개

보러 오지 않겠니

* 솔롱고스 : 몽골인들은 한국과 한국인을 솔롱고스, 즉 무지개의 나라라고 일컫는다.

고비

하늘에서 내려다보는
몽골 천막집은
어쩌다 초록 담요 위에 실수로 떨어뜨린
몇 알의 하얀 아스피린

하늘 건너온 비행기는
대초원에 그대로 사뿐 내려앉는다
활주로조차 없는
시골 간이역 같은 쓸쓸한 공항

텅 빈 건물 앞에
마중 나온 더위와 열풍
나는 러시아제 낡은 지프에 몸을 싣고
저 아득한 지평선 넘어야 한다

가리 가리
내 그대 만나러 가리
어떤 고난과 역경이 앞길 가로막더라도

기어이 내 그대 찾아가리

아르갈*

소와 말이
초원에서 똥을 누면
거름을 먹은 풀들 짙푸르게 자라고
그 풀을 마소가 뜯어먹네
녀석들 다시 초원에 똥을 누는데
들판의 바람이
이 똥을 잘 말려주네
잠시 쉬던
할머니와 아이들은
망태 지고 멀리까지 나가서
들판의 말똥과 소똥 거두어오네
한 해 겨울 나려고
사람들은 천막집 옆에
소똥을 차곡차곡 쌓아올려
높은 탑 만들었네
스며드는 찬바람 온전히 막아주려고
물에 갠 소똥으로
축사의 벽을 두툼히 발라주네

오, 참 아름답고 갸륵한

똥이여

* 아르갈 : 소똥의 몽골말.

오논 강가에서

오논 강은 흐른다
어린 테무진이 말 달렸다는 강변
그 버들 숲에서 연기 모락모락 피어오른다
몽골 청년 감바와
지역 브랴트족 몇 사람
양 한 마리 잡아서 돌 구이를 하는 중
실려온 양은
아무것도 모르고 강가에 끌려와
풀밭에 누웠다
콧수염 난 사내는 장도칼로 양의 앞가슴 가르고
그 구멍으로 손 넣어 동맥을 움켰다
버둥거리던 양은 스르르 맥을 놓았다
그 양이 지금
우유통에 들어가 있고
불에 달군 조약돌 켜켜이 넣었다
이윽고 잘 익은 고기가 나오고
독한 보드카 몇 순배 오고가는 동안
해도 서산마루에 걸리었다

말 탄 사내가
강을 건너서 드넓은 초원으로
바람처럼 달려간다

몽골 편지

간밤에
새끼 가축이
바람에 날아갔대요
뿌연 흙먼지에 덮여 온 세상
보이질 않네요
오늘 아침만 해도
돌연 눈보라 몰아치고
햇살이 쨍쨍하더니
이젠 빗줄기가 창틀에 후두둑거립니다
사람들은 문 꼭꼭 여며 닫고
걱정스런 얼굴로
밖을 봅니다
들판을 걷던 행인은
바람 등지고 쪼그려앉아
고난이 지나가기를
기다립니다
짐승들은 제자리에 가만히 서서
눈 감고 기다립니다

몽골에서

봄 소식 전합니다

북방의 길

나는
북으로 간다
저 북방은
머언 전생의 고향
내 아득한 할머니와 할아버지가
일찌감치 떠나온 고향
말 타고
산과 바위골짜기
대초원과 사막을 건너
이곳 바닷가 모래톱까지 내려오셨으리
이제 나는
그 길 거꾸로 더듬으며
모래 위에 찍혀 있을
발자국 찾아서
한 마리 낙타처럼 터벅터벅
저 북방 길
간다

4부

원추리꽃

깊은 산중에서
웬만한 꽃들은 혼자 도 닦는 스님처럼
저만치 호젓이 피어 있는데

혼자 있는 것이 두려운 원추리꽃은
꼭 저희끼리 모여
모인 자리에 어울려서 핀다

가을이 되자 원추리꽃은
까아만 씨앗들을 일제히 머리에 이고서
흐뭇한 얼굴로 서 있다

원추리꽃은 이제 외롭지 않다
뿔뿔이 흩어진 뒤
서로 애타게 찾다가 상봉한 가족들처럼

滿月

마당에 묶인 개
저 혼자 배불러왔다
나 몰래 동네 수캐 놈 다녀갔었구나
개는 무거운 배를 하고 힘든 눈빛으로 나를 본다
그 간절한 눈빛 알아차리고
짚단 하나 안고 와서 바닥에 깔아주었다

그날 새벽
잠결에 무슨 소리 들렸다
개집 앞에 쪼그리고 더듬어보니
깔아준 짚 위에 강아지가 오글오글
깊은 밤 달빛에 대충 헤아려보는데 모두 일곱
어미는 정성껏 새끼들을 핥는 중

오, 하느님
거룩하고 아름다운 시간입니다
나는 마당 가운데 서서 하늘을 본다
휘영청 보름달이

빈 마당을 그득히 채우고
찰랑거린다

바다의 交信

이른 아침
바다가 보이는 산길 따라 걸어간다
파도 소리가 줄곧 내 뒤 따른다
길 가다 돌아서보면
섬 마을이 손바닥 안에 들어 있다
간밤 내가 묵은 민박집도 굴 껍질처럼 작다
그 작은 집 낮은 돌담에 기대어
그는 나를 향해 깃발처럼 하얀 손 흔들어댄다
나도 은근한 수신호 보낸다
오가는 교신에 들어 있는 말뜻을 우리는 안다
가슴 저릿하고
파도처럼 밀려오는 것이 있다
구름 열고 나타난 해가
바다의 거울 눈부시게 비추인다

수련

저수지 옆 지나다 보았다
다 시들은 수련이
바람과 은밀히 만나 수작하는 광경을

하나 둘도 아니고
저수지의 모든 수련들
일제히 갈색 치마 뒤집어 흔들며 너울너울

바람난 수련아
이제 세상은 늦가을이야
번성하던 너의 세월은 가버렸어

그 간절한 눈빛과 애원에도 불구하고
바람은 수련을 팽개쳐두고
다른 저수지로 가버렸다

복사꽃 사연

아들아 저어기 저 과밭에서
겨우내 움츠리고 있던 가지 끝에
가시내 젖몽우리마냥 투욱툭 불거지는
볼그레한 것이 무엇이지
어머니
전쟁 나간 아비 안 돌아오시고
일찍 죽은 형제는 어미 가슴속에 묻히고
긴긴 세월을 저 혼자 깜깜하던
가슴 한켠에
그 서러웁던 사연들이 눈가에 눈물 맺히듯
송글송글 매달려 있다가
봄비 끝에 한꺼번에 작은 문 열고 나와
젖은 세상 빠끔히 내다보는
중이라고 어머니는
언젠가 혼잣말로 말씀하셨지요

두엄더미

이른 아침
두엄더미 옆을 지난다
탑처럼 쌓아올려진 두엄더미는
장엄하다
먼 길 달려온
마라톤 선수의 머리처럼
그의 정수리에선
허연 김 무럭무럭 피어난다
나는 두엄더미의 가슴속이 몹시 궁금하다
필시 저 내면도
지구의 다부진 가슴처럼
펄펄 끓는 불덩이 품었으리라
두엄이여 너는
어느 추운 겨울날
삼십 리 고갯길 넘어와
짚으로 짠 덕석을 방금 등에서 벗겨낸
땀 젖은 황소 같구나

연꽃 등불

해가 저문다
늦가을 저수지에 땅거미 온다

수련은 목을 꺾고
무슨 근심 저리도 깊은가

서산으로 지던 해가
수련 끝에 가서 잠시 안긴다

오호라
한순간 수련은
눈부신 등불이 된다

가난과 고통으로 시달리던 이승에서
단 한 번도 겪지 못했던

가장 환하고 밝은
모습으로

자전거에 관한 명상

두 바퀴에 올라 들길을 가네
길은 어제 내린 비로 온통 흙탕이네
하지만 나는 이 길을 피할 도리가 없네
되돌아갈 수야 없지 않은가
살다보면 이런 일 있다 생각하고
나는 페달을 힘껏 밟아
흙탕으로 들어서네
흙물이 튀어 옷을 적시고 등에까지 튀어오르네
까짓 흙탕쯤이야 털고 씻으면 되지 않나
겨우 진창을 빠져나오니
울퉁불퉁 돌길이네
강가에 서 있는 힘찬 갈대들이
그제야 눈에 뜨이네
마른 풀 무성한 저 강둑 길에는
눈부신 아침 햇살에 내 모습 길게 비치네
기우뚱한 그림자 바로 세우고
나는 페달을 힘껏 밟네
두 바퀴에 올라 들길을 가네

백도

사람의
산후구완도 고달픈데
개 산후구완을 한 달이나 했다
젖 잘 나오라고
돼지 발 사다가 고아주고
수시로 거두는 중에 한 달이 갔다
하루가 다르게
토실토실 살 오르는 녀석들이
보기에도 귀여웠다
제 새끼 거두어줄 때면
그걸 아는지 어미는 다가와 자꾸만
내 손등을 핥았다
저도 이렇게나마 고마움 표시하려는 뜻이리라
달이 뜨고 달이 지고
바람은 몇 번을 불어갔는가
고즈넉한 오후
이제 강아지는 한 마리도 없고
어미만 혼자 남아

물끄러미 대문 쪽을 본다
그곳은 새끼들이 하나 둘 떠나간 곳
아직도 그 기억 하는가

이 봄은 나에게

이 봄은 나에게 벅찬 감격 아니어요

이 봄에 죽어간 그 많은 사람들 생각에 가슴 저미어요

이 봄에 먼 북쪽 어딘가로 울며 떠나갔다던 어느 일가의 뒷모습 생생히 떠올라요

이 봄 들녘 귀퉁이에 쪼그리고 앉아 가족들 연명할 풀죽거리 캐던 누우런 얼굴들이 아지랑이 속에 어른거려와요

이 봄 창 밖을 닁닁거리는 바람도 꼭 누군가의 흐느낌으로 들릴 때가 한두 번이 아니어요

이 봄에 이런 생각 하면서 나는 만발한 벚나무 밑을 결코 한가롭게 거닐 수 없지요

이 봄은 나에게 벅찬 감격 아니어요

봄날은 간다

진달래야 진달래야
이 봄이 저리도 깊었는데
저문 산길에서
너는 혼자 누굴 기다리고 섰니

기다림에 지쳐
그 눈물 젖은 분홍 손수건을
발 아래 떨구고
너의 두 볼은 못내 창백하기까지 하구나

진달래야 진달래야
하루해도 덧없이 저물었는데
네가 기다리는 사람은
얼마만큼 세월이 지나야 돌아오려나

삽살개

개밥그릇의 사료가
왜 이리도 빨리 줄어드나 했더니
이제사 알았다
사료를 퍼주고 방에 들어와 가만히 보니
쥐란 놈이 연신 물어가고
까치란 놈도 들락날락
둥지의 제 새끼에게 물어나르느라 분주하고
목줄 풀린 뒷집 개도 들어와
지나는 길에 먹고 가는데
정작 삽살개란 놈은
너부죽이 엎드려 그걸 보고만 있다
아, 저 삽살개는 분명
부처님보다 높은 자리에 있는 것 같다

뱀이다

개가 털을 잔뜩 세우고
몹시 날카로운 소리로 컹컹 짖어대기에
조심조심 다가가보았더니
아니나 다를까
뱀이다!
어이구 나도 덩달아 쭈뼛해진다
대가리가 정확히 세모꼴인 저 검은 빛깔의 살모사
뱀과 개는 강력한 초긴장상태로
한참을 대치하더니
뱀이 먼저 개집 뒤로 스르르 빠져서
도랑 쪽으로 달아났다
뱀이 사라진 뒤 한참까지도
개와 나는 긴장을 풀지 못했다

작은 섬

바닷가 작은 섬에
천리향이 활짝 피었습니다
나귀를 타고 가다 등성이에 내려서
그 꽃 물끄러미 바라봅니다
바람이 불어와서
천리향의 머릿결 헝클어놓습니다
꽃봉오리는 햇살이 눈부신 듯 두 눈썹 찡그리며
한 손으론 머리채 쓸어올리며
고개를 들고
간절한 얼굴로 수평선 쪽 바라봅니다
곧 눈물이 떨어질 듯합니다
애타는 손짓 아무리 보내어도
바다에 꽂힌 듯 무심한
고깃배 하나

진달래 산천

우리 국토에서
사일구 무렵에 가장 만발한다는
진달래를 보러 갔더니
비스듬히 건너다보이는 맞은편 산기슭은
온통 불그레한 핏빛이었다
아, 그해 봄 길바닥에
진홍빛 선혈을 쏟으며 쓰러진 그대들
모두 어디 갔나 궁금했더니
이 나라 산천에
고스란히 피어나 있구나
밤이면 아직도 꽝꽝 얼어붙는 산중에서
그 애달픈 꽃봉오리
이 봄에도 기어이 터뜨려
당시 못다 한 사연 전하고 있구나

풀베기

쪼그리고 앉아서
풀 베는 일은 힘들다
특히 나무 휘감은 뱀풀 덩굴 만나면
정말 힘들다
이 뱀풀이란 놈은
순식간에 내 손목과 팔등 할퀴어놓는다
덩굴이 스친 자리는
금방 빨갛게 부풀어오른다
쓰리기는 또 왜 그렇게 쓰라린가
이 고단한 인생살이에서
사람도 때론 뱀풀 같은 인간을 만나
고생할 때가 있다
풀 베면서
나는 우리네 인생살이도
풀베기와 같다는 생각을 자주 한다

세월의 실루엣

옛 성터 거닐다
부서진 기와 조각 하나 주웠네
나는 숨도 돌릴 겸
바위에 걸터앉아 들여다보는데
흘러간 세월의 실루엣이 거기에 떠오르네
기와 조각도 이따금
거울이 될 수 있다는 사실에 새삼 놀라네
이 부서진 기와에도
언젠가는 지붕의 중심으로 당당하던 시절 있었으리
그 처마 밑에서
숨죽이며 뜨겁게 달구던 사랑의 밀회도 엿보았고
또 혼자 눈물짓던 탄식도 들었으리
이제 세월은 강같이 흘러
사랑도 눈물도 비바람에 덧없이 지워지고
겨우 부서진 귀퉁이만 남아
그 사연 호젓이 일러주고 있네

발문

투명한 응시

안도현(시인)

이동순, 이라는 말을 들으면 나는 저절로 까까머리 고등학생 시절로 돌아간다. 고개를 푹 숙이고 멈칫거리며 손가락으로 검은 뿔테안경을 자꾸 추켜올리고 싶어진다. 70년대 후반, 대구의 어느 화랑에서 열린 '자유시' 시화전에서 나는 이동순, 이하석, 정호승과 같은 이름과 처음 조우하였다. 그 이름들은 당시 한창 젊었고, 나는 새순처럼 어렸다. 그 이름들은 화랑의 눈부신 조명만큼이나 밝았고, 나는 형편없이 작았기 때문에 어두웠다. 그 이름들은 바다 위에 환하게 불 켠 오징어배였고, 나는 검은 바다 속의 한 마리 오징어였는지도 모르겠다. 그때부터 문학이라는 미몽의 불빛에 이끌려 나는 여기까지 왔고, 그 이름들 아래에서 파닥거리며 감히 먹물을 어지럽게 갈기고 있으니 말이다. 특히 "맨드라미의 하늘도 시들어/꽃피던 마을은 이제 처참하다"로 시작하는 이동순 선생의 등단 작품 「마왕의 잠」 첫머리를 자주 중얼거리면서 내 시의 뼈는 굵어졌다. 그 정체를 알 수 없는 절망에 매혹되어 시인께 습작시를 몇 차례 보낸 적도 있었다. 그럴 때면 시인은 정갈하고 유려하며 자상한 필체로 장문의 답장을 보내주시곤 하였다. 그러니 나에게는 시인이 언제나 높다란 '선생님' 일 수밖에 없고, 나는 시인에게 경상도식 발음으로, 'ㄴ'이 탈락된, 어린 '도혀이' 일 수밖에 없다.

내 책꽂이에 꽂혀 있는 이동순 시인의 첫 시집 『개밥풀』은 시간의 빛이 누렇게 바랜 비닐 장정이다. 판권을 보니 1980년 4월 25일에 초판이 나온 것으로 되어 있다. 시집을 잃어버리지 않으려고 속표지에다 내 이름과 함께 그해 11월 16일에 구입했다고 써둔 자잘한 글씨도 보인다. 나는 스물이었고 그 무렵 시인은 삼십대 초반이었다.

> 죽기 전에 소원이 있다면 꼭 한 가지
> 대대로 이어진 나와 당신의 작은 눈이나마
> 영영 꺼지지 않는 이 나라의 불씨가 되어
> 북녘 고향 찾아가는 벅찬 행렬을
> 두 눈이 뭉개지도록 보고 또 보았으면 하는 것입니다

첫 시집에 실린 「내 눈을 당신에게」이다. 여기에서 시인은 비록 다른 화자를 통해서이지만 대상을 "두 눈이 뭉개지도록" 보고 싶다는 간절한 소망을 숨기지 않는다. 뭉개진다는 것은 원래의 형상이 으깨져 소멸 혹은 죽음에 이른다는 것이다. 즉 뭉개지도록 보고 싶다는 말은 육체의 희생을 감수하고서라도 염원이 실현되기를 바란다는 의지의 표현이다. 그런데 이제 시인은 '지금, 이곳'에서 이루지 못한 것을 끝내 이루려는 지사적 열망으로부터 훌쩍 벗어나 있다. 어느덧 오십대 후반에 다다른 시인의 눈은 열망이 이루어지는 순간의 벅찬 감격을 찾는 일에 매달리지 않고 있는 것이다. 시인은 그저 보이는 대로 보고 들리는 대로 들을 뿐이다. 열망보다는 열망의 뒷면을, 집착보다는 집착의 너머를 응시하고자 한다.

이러한 응시는 이번 시집에서 타클라마칸이라는 공간에 집중되어 있다. 시인은 왜 하필이면 타클라마칸에 가서 그곳의 풍경을 응시하는 자아를 시의 전면에 내세우는 것일까? 그것마저 또다른 집착은 아닐까? 특정한 장소에 대한 집착은 삶의 집착에서 벗어나려는 태도와 모순되는 것은 아닌가 하고 고개를 갸웃거릴 수도 있다. 이런 어리석은 의문에 답을 주는 시구가 있다. 「세상의 바람」에서 시인은,

저 들의 풀씨를 보라

지난 봄 개울가에서 여문 씨앗들이
바람에 날아가 이웃마을 산기슭 노랗게 물들인
그 내력을 유심히 살펴보라

고 말한다. 시인의 관심은 산기슭을 물들인 노란 풀꽃이 아니라 그 근원인 풀씨에 기울어 있다. 이동순 시인에게 시를 쓰는 행위는 풀꽃을 응시하며 어디선가 날아왔을 그 풀꽃 씨앗의 내력을 살피는 일과 크게 다르지 않다. 유심히 살피기는 할지언정 풀꽃의 삶에 대해 간섭하거나 참견하지 않겠다는 것이다. 참견은 집착에서 나오는 것임을 알고 있는 까닭이다. 그래서 이 뒤에 이어지는, "날아가자/바람 타고 저 멀리로 날아가자"는 구름과 바람의 보챔에도 기꺼이 동의를 할 수 있게 되는 것이다.

나는 장승처럼 서서
사방을 물끄러미 둘러본다
너는 어디에서 왔는가
너는 누구인가

—「바양고비 가는 길」 중에서

이 시의 전반부에서는 잔치가 열린 마을에서 소와 양을 잡는 살벌한 광경이 제시된다. 하지만 시인은 '물끄러미' 사방을 둘러볼 뿐이다. 두 눈이 '뭉개지도록' 보지 않고 '물끄러미' 둘러본다는 것, 그것은 풍경에 격렬하게 취하지 않는 자가 누릴 수 있는 권리이다. 외부를 향한 격정은 자신을 돌아볼 틈을 주지 않지만 '물끄러미' 바라보는 사람은 세상을 한 바퀴 휘돌아 결국 자신을 들여다보게 된다. 타클라마칸에 집착함으로써 역설적으로 생을 응시하는 지혜를 터득하게 된 시인이 사막을 떠돌며 얻은 소득은 사물에 깃든 슬픔의 그림자들이다. 한 예로, 타클라마칸이라는 광대무변한 사막에서 만난 낙타와 말과 노새의 눈망울에서 시인은 한결같이 "슬프고 서러운 물기"(「노새」)를 읽어낸다. 명사산을 보면서도 "산이여, 네 가슴속 슬픔은 무엇인가"(「명사산」) 하고 가만히 묻는다. 이번 시집을 폭넓게 감싸고 있는 이 슬픔의 정조는 위에 인용한 시의 마지막 두 줄처럼 자신의 존재를 묻는 질문에서 생겨난 것이라고 할 수 있다. 시인이 "타클라마칸을 건너가는 일은 인간에게 맡겨진 숙명"이라고 '시인의 말'에서 고백하고 있듯이 인간의 숙명에 대한 자각은 슬픔을 내포하게 마련이다. 모든 존재는 슬프지만 그렇다고 시인은 애써 존재의 표면에다 슬픔을 채색하려고 의도하지는 않는다. 슬픔은 존재 속에 이미 내재되어 있던 것인데 시인의 섬세한 시선이 닿아 바깥으로 스며나온 것일 뿐이다. 그러한 슬픔의 형상은

「고도 카시가르」 같은 시의 뒷부분에서는 '방울 소리'로 변주되어 나타나기도 한다.

가는 곳도 모르고
허겁지겁 내닫는 말은
고단한 말굽 소리 쉴새없이 또각거리며
천년 고도의 밤길을 달려갔다
이윽고 말은 보이지 않고
방울 소리만 남았다

말의 방울 소리는 말이 짐을 싣고 걸을 때에만 나는 소리다. 하지만 현재 말굽 소리를 내며 달리던 말은 눈앞에 없고 방울 소리만 또렷이 남아 있다. 이 시에서 '이윽고'는 문맥의 앞뒤로 길게 걸쳐 있다. 이 세 음절의 부사는 쉴새없이 움직이던 말을 시야에서 완전히 사라지게 하는 동시에 결정적으로 방울 소리를 남겨두는 중요한 역할을 맡는다. 마부의 채찍질에 의한 말의 고된 노동이 과거라면 남겨진 방울 소리는 현재인 셈인데, 이 사이에서 '이윽고'는 방울 소리에 울림을 만들어낸다. 말은 사라졌지만, 그 사라짐 뒤에 남은 방울 소리는 묘한 슬픔으로 우리의 귓가를 두드리고 마음 한쪽을 찔러댄다. 그 방울 소리는 실체가 없기 때문에 더욱 애잔하게 들린다. 이동순 시인의 시가 '이윽고' 당도한 곳은 바로 집착을 놓아버린 '마음의 사막', 즉 스스로 자유로운 욕망의 주인으로 서 있는 공간이다. 그곳은 "인간의 모든 알량한 세속적 명리와 이욕과 구별 따위"(「타클라마칸」)가 사라진 곳이다.

서역이란 말에는
향긋한 무화과의 냄새가 난다
잘 익은 하미과의 단내도 물씬 풍기고
백양나무 가로수 길을 달려가는 노새의 방울 소리도 들린다
그 노새가 끄는 수레에 올라탄
일가족의 도란거리는 이야기도 들린다

서역이란 말에는
아득한 모래벌판을 성큼성큼 걸어오는
황사바람의 냄새가 난다
그 사이로 악기 반주에 맞추어 휘도는 호선무와
구릿빛 얼굴로 바라보던 위구르 사내의
동그란 모자가 보인다

서역이란 말에는
땅 속에서 파내었다는 비단 조각, 거기서 보았던

천년 전 물결무늬가 먼저 떠오르고
그 비슷한 천으로 만든 옷을 입고 상추처럼 웃던
쿠차의 한 처녀가 생각난다
잠시 스쳐간 그녀 내 전생의 사랑이었으리

—「서역」 전문

타클라마칸, 혹은 서역에 관한 시인의 관심이 집약되어 있는 아름다운 시다. 서역의 온갖 과일은 향기로우며, 거친 길을 가는 수레에 올라탄 가족들이 도란거리는 모습은 단란하기 그지없다. 사나운 모래바람도 성큼성큼 걸어오는 아저씨처럼 유순하고 너그럽다. 그리고 천년 전에 죽은 자의 옷 조각에서 천년 전의 자잘한 물결무늬를 떠올린다. 이러한 연상과 상상은 서역이라는 황량한 장소를 행복과 애정이 넘치는 공간으로 변모시킨다. 어찌 보면 서역은 시인의 의식을 해방시키고 상상력을 최대한 자극하는 공간인지도 모르겠다. 이번 시집에서 타클라마칸과 몽골 시편들이 다수 들어 있는 것도 그와 무관하지 않을 것이다. 게다가 이동순 시인은 서역에서 만난 풍경과 거기서 얻은 정제된 상상력이 시의 형식 바깥으로 넘치게 놔두지 않는다. 위의 시는 '(냄새가) 난다' '(소리가) 들린다' '(무엇이) 보인다' '(누가) 생각난다'는 네 개의 단순한 서술어로 구성된 문장구조를 가지고 있다. 그럼에도 후각과 청각, 그리고 시각적 이미지가 행복하게 결합하고 있는 것이 이채롭다. 지극히 간결하고 투명한 문체, 일상을 관조하는 들뜨지 않는 어조는 시적 형식이 아니라 이제 시인의 세계관이 투영된, 또다른 시적 모색의 소산처럼 여겨진다. 모든 수사는 욕망을 확대하고자 할 때 이용되는데, 이번 시집에서 보여주는 수사의 절제력이 인간의 단순한 삶에 대한 동경으로 이어지는 것은 매우 자연스러운 일이라 하겠다.

말젖을 짜서
마른 목 축이고
말젖에 침 뱉어서 술을 빚고
그 술 마시고 취해
말 등에서 앞뒤로 흔들거리며
말 노래 부른다
그러다가 다시 흥이 일면
말 머리 조각한 마두금 들고 나와
악기 연주하며
밤 꼬박 지새우는데
이때 말들은
초원에 선 채로 뒷굽을 차면서
콧김 푸르륵거리며

주인 노래 잘 듣고 있다는 표시를 한다
이슥고 새벽이 되면
잘 마른 말똥에 불 지펴
뜨끈뜨끈한 천막집 불기운 옆에서
코 골며 잠잔다

—「담백한 삶」 전문

시의 제목처럼 '담백한 삶'은 단순한 삶의 다른 표현이다. 여기에서 인간과 짐승 사이에는 경계도 날카로운 각도 없다. 오로지 둥근 원융의 세계만 존재할 뿐이다. 메마르고 차가운 사막에서 젖과 술은 그 액체의 모성으로 '뜨끈뜨끈한' 기운을 만들어낸다. 그 기운은 인간의 처소의 온기가 되고, 그 온기는 삶을 견인하는 노동의 신명이 되고, 그 신명은 경계와 구분이 없는 세계를 지속시키는 원동력이 된다. 「말과 초원」 「풍장」 「아르갈」과 같은 시에도 초원에 터를 잡고 살아가는 만물을 유기체로 파악하는 시인의 인식이 적절하고도 유쾌하게 그려져 있다. 타클라마칸에서 시인은 단순하게 사는 게 가장 아름답게 사는 길임을 터득했다. 사막을 떠돌며 풍경을 응시하는 동안 시인은 사막의 비밀을 엿본 게 틀림없다. 사막의 달빛이 "가장 아름답고 깨끗하고 신비스러운/사막의 영혼"(「사막의 달」)이라고 적고 있으니 말이다.

이동순 시인의 투명한 응시와 관조의 시학은 수천 년에 걸쳐 누적된 사막의 모래언덕처럼 켜켜이 시간을 쌓고 깎은 흔적을 보여주고 있다. 겉으로는 태연한 듯 보이지만 실은 남들이 짐작하지 못하는 내공으로 오랫동안 어루만져진 시들이다. 언젠가 한번 시인이 들려준 적 있는 아코디언 소리를 생각한다. 그 건반을 짚는 예민한 손이, 주름상자를 움직여 섬세한 소리를 울려내는 손이 이 시집의 투명한 울림을 만들었다. 기회가 된다면 시인이 누비고 다닌 타클라마칸을 뒤쫓아가서 사막 한복판에서 그 아코디언 소리를 듣고 싶다. 그때 나는 한 마리 나귀가 되어 방울 소리를 딸랑거릴까?

시인의 말

마음의 사막을 건너가며

우리는 항시 사막 속에 있습니다.

그곳에는 날마다 모래폭풍이 불고, 무수한 위험이 도사리고 있습니다.

살아가는 일이 몹시 지치고 힘들지만 우리는 터벅터벅 한 마리 낙타처럼 우리 앞에 펼쳐진 저 사막을 기어이 건너가야만 합니다.

'한번 들어가선 다시 되돌아나올 수 없는 곳' 이란 뜻을 지녔다는 타클라마칸! '망망한 대해' 라는 뜻의 고비! 내 마음 속의 사막을 건너가는 일은 모든 인간에게 맡겨진 숙명입니다. 많은 사람들이 자신의 사막을 헤쳐가다가 탈진하여 황량한 모래벌판에서 세상을 떠나기도 합니다. 하지만 상당수의 사람들은 꾸준히 스스로를 일으켜세우며 한 걸음 두 걸음 고난의 모래밭을 통과해갑니다.

나는 고비와 타클라마칸, 두 거대 사막의 한가운데에 홀로 우두커니 서서 온통 모래더미로 둘러싸인 광막한 지평선을 바라보았습니다. 우리가 살아가는 세상도 바로 이 사막의 광경과 다를 바 없다는 것을 그때 절실히 깨달았지요. 그리하여 몽골과 실크로드를 다섯 해 동안이나 헤매다녔던 체험은 그 무엇과도 바꿀 수 없는 삶의 값진 보배가 되었습니다.

그 체험의 사금파리들을 주워모아 오늘 한 권의 시집으로 엮습니다. 그대 마음속의 사막을 건너가다가 지치고 힘이 들 때 이 시집을 한번 펼쳐보십시오. 이 작은 책이 한 모금의 시원한 생수처럼 갈증을 달래주고 위로가 되기를 저는 바라고 있답니다.

사막 위에서 또 하루가 저물어갑니다.

아무쪼록 그대 마음속의 사막을 더욱 사랑하시기 바랍니다.

2005년 12월

이동순

마음의 사막

초판인쇄 | 2005년 12월 5일
초판발행 | 2005년 12월 16일

지 은 이 | 이동순
펴 낸 이 | 강병선
책임편집 | 조연주 이상술 양수현
펴 낸 곳 | (주)문학동네
출판등록 | 1993년 10월 22일 제406-2003-000045호

주　　소 | 413-756 경기도 파주시 교하읍 문발리 파주출판도시 513-8
전자우편 | editor@munhak.com
전화번호 | 031) 955-8888
팩　　스 | 031) 955-8855

ISBN 89-546-0069-7 02810

* 이 도서의 국립중앙도서관 출판시도서목록(CIP)은 e-CIP 홈페이지(http://www.nl.go.kr/cip.php)에서 이용하실 수 있습니다.
(CIP제어번호: CIP2005002498)

www.munhak.com

문학동네 시집

김남주	옛 마을을 지나며
도종환	사람의 마을에 꽃이 진다
김영현	남해엽서
박 철	새의 全部
하종오	쥐똥나무 울타리
김형수	빗방울에 대한 추억
서 림	伊西國으로 들어가다
염명순	꿈을 불어로 꾼 날은 슬프다
이동순	꿈에 오신 그대
안찬수	아름다운 지옥
박주택	방랑은 얼마나 아픈 휴식인가
신동호	저물 무렵
손진은	눈먼 새를 다른 세상으로 풀어놓다
유강희	불태운 시집
최영철	야성은 빛나다
문복주	우주로의 초대
권오표	여수일지(麗水日誌)
하종오	사물의 운명
주종환	어느 도시 거주자의 몰락
오세영	아메리카 시편
이윤학	나를 위해 울어주는 버드나무
이재무	시간의 그물
윤 효	게임 테이블
고재종	앞강도 야위는 이 그리움
이명찬	아주 오래된 동네
정우영	마른 것들은 제 속으로 젖는다
함명춘	빛을 찾아나선 나뭇가지
심호택	미주리의 봄
하종오	님
김시천	마침내 그리운 하늘에 별이 될 때까지
이산하	천둥 같은 그리움으로
서동욱	랭보가 시쓰기를 그만둔 날
마종하	활주로가 있는 밤
김명리	적멸의 즐거움
김익두	서릿길
박이도	을숙도에 가면 보금자리가 있을까
정영선	장미라는 이름의 돌멩이를 가지고 있다
윤희상	고인돌과 함께 놀았다
최갑수	단 한 번의 사랑
이윤림	생일
양정자	가장 쓸쓸한 일
박 찬	먼지 속 이슬
서 림	세상의 가시를 더듬다
윤의섭	천국의 난민
박 철	영진설비 돈 갖다 주기
김철식	내 기억의 청동숲
박몽구	개리 카를 들으며
김영무	가상현실
양선희	그 인연에 울다
조창환	피보다 붉은 오후
김영남	모슬포 사랑
윤제림	사랑을 놓치다
강연호	세상의 모든 뿌리는 젖어 있다
한영옥	비천한 빠름이여
김경미	쉬잇, 나의 세컨드는